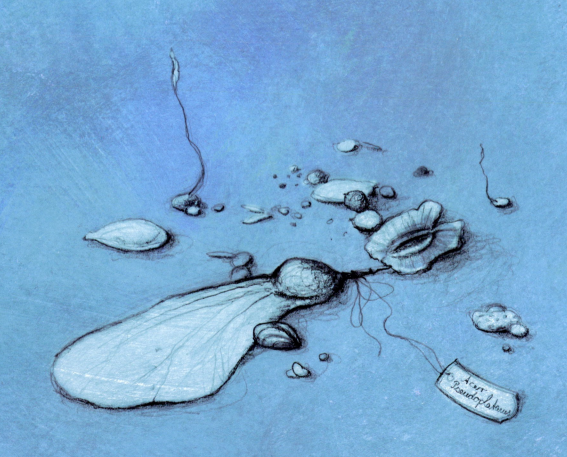

CUENTO
DE LUZ

Para Andrea, *il mio grande amore*,
que siembra en mí tantas cosas buenas.

- Carla Balzaretti -

A toda la gente maravillosa de mi vida, que pone sus semillas
para que nuestro mundo esté un poquito mejor.

- Sonja Wimmer -

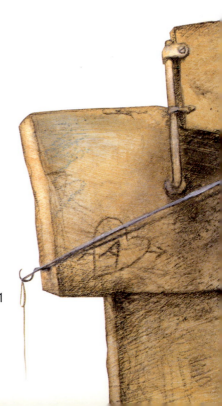

La sorpresa del jardinero

© 2013 del texto: Carla Balzaretti
© 2013 de las ilustraciones: Sonja Wimmer
© 2013 Cuento de Luz SL
Calle Claveles, 10 | Urb. Monteclaro | Pozuelo de Alarcón | 28223 | Madrid | España
www.cuentodeluz.com

ISBN: 978-84-15784-56-2

Impreso en China por Shanghai Chenxi Printing Co., Ltd., enero 2014, tirada número 1407-1

La sorpresa del jardinero

Carla Balzaretti y Sonja Wimmer

Hace un tiempo, en una lejana ciudad, vivía Andrés, un mecánico que reparaba viejos trenes de mercancías.

Andrés no era solo mecánico. También era jardinero a medias. Una de esas personas que cuidan las plantas, se maravillan con los colores y las formas de las flores y conocen de memoria nombres y especies.

Era un jardinero a medias porque vivía en un departamento pequeño, en un cuarto piso, y no tenía balcón ni terraza. Por eso le resultaba bastante complicado eso de hacer surcos en la tierra, colocar las semillas y regarlas hasta que nacieran los primeros brotes.

Aun así, cada día dedicaba unas horas a cuidar de las flores que crecían en unas macetas cuidadosamente colocadas en el pequeño salón de su casa. Bueno, no solo en el salón…

Y soñaba. A menudo soñaba con amplias extensiones de tierra fértil. Tierra negra y húmeda que miraba al cielo esperando una lluvia de semillas.

Las plantas no solo habían invadido el salón de aquella pequeña casa. También se habían instalado en la cocina, en el pasillo, en las habitaciones, en los cajones abiertos.

Alguna noche, Andrés y su familia habían cenado en compañía de un grupo de tulipanes amarillos.

Su mujer y sus hijos también soñaban con amplias extensiones de tierra fértil. Resultaba un tanto incómodo eso de lavarse los dientes con un rosal de la China amenazando en el baño.

Sus jefes solían decir que Andrés era un mecánico
capaz de resucitar cualquier locomotora destinada
a convertirse en chatarra.

Los trenes le daban mucho trabajo y el sueldo
era escaso. Mientras reparaba las piezas averiadas,
imaginaba que esos trenes viajaban cargados de
lirios y azucenas. O buscaba cómicos significados
a los nombres científicos.

«*Calendula officinalis*, o caléndula oficinista»,
pensaba y sonreía imaginando una brillante
caléndula detrás de un escritorio.

Entre destornilladores y motores, Andrés repasaba
mentalmente su colección de semillas y se preguntaba:

«¿Cómo será un *Dianthus barbatus*? ¿Un clavel con barba? ¿Y un *Dianthus plumarius*?
¿Un clavel con plumas? ¿Podrá volar la *Strelitzia* o flor de pájaro?».

Un día, su jefe le contó
que una gran empresa
buscaba a los mejores
mecánicos de la zona.
Andrés era uno de ellos.

Le ofrecieron, además
de un buen sueldo,
una casa con un gran
jardín… Y aceptó.

Mientras juntaba sus
cosas en la vieja estación,
se imaginaba regando
las preciosas plantas
exóticas que iban a crecer
en aquel terreno.

La primera sorpresa no tardó en llegar. Ya no entregaría sus horas a viejos trenes y esqueletos de locomotoras. Ahora las dedicaría a los aviones. Esta nueva situación lo asustó un poco, pero se dijo: «En realidad son

conjuntos de tornillos, hierro y paciencia. No importa demasiado la forma».
Y Andrés empezó a imaginar que el taller se llenaba de azucenas, lirios y
caléndulas. Caléndulas oficinistas, claveles barbudos, claveles con plumas.

La segunda sorpresa fue aún mayor. No solo iba a reparar aviones, sino aviones de guerra. Andrés fue contratado para colocar bombas en los aviones que partían a la guerra. Una guerra que se había declarado entre varios países lejanos. Unos países cuyos nombres

apenas podía pronunciar. Entonces, se suponía que sus manos debían preparar los aviones para que lanzaran bombas sobre campos y bosques. Pero también sobre ciudades, edificios, escuelas, personas, vidas.

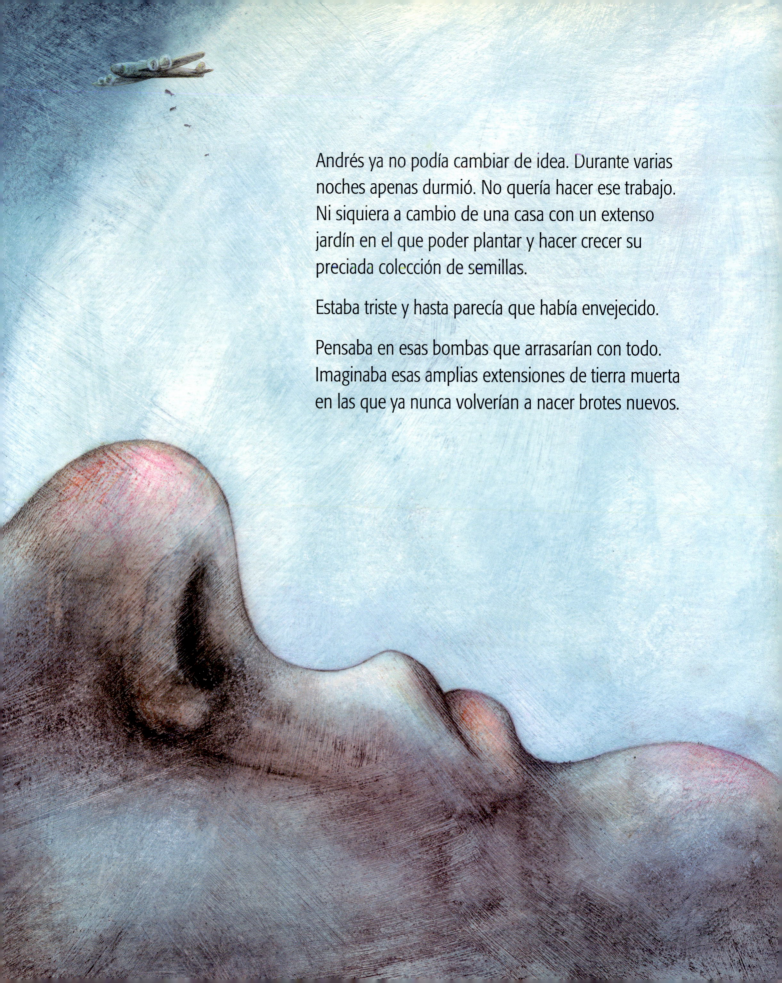

Andrés ya no podía cambiar de idea. Durante varias noches apenas durmió. No quería hacer ese trabajo. Ni siquiera a cambio de una casa con un extenso jardín en el que poder plantar y hacer crecer su preciada colección de semillas.

Estaba triste y hasta parecía que había envejecido.

Pensaba en esas bombas que arrasarían con todo. Imaginaba esas amplias extensiones de tierra muerta en las que ya nunca volverían a nacer brotes nuevos.

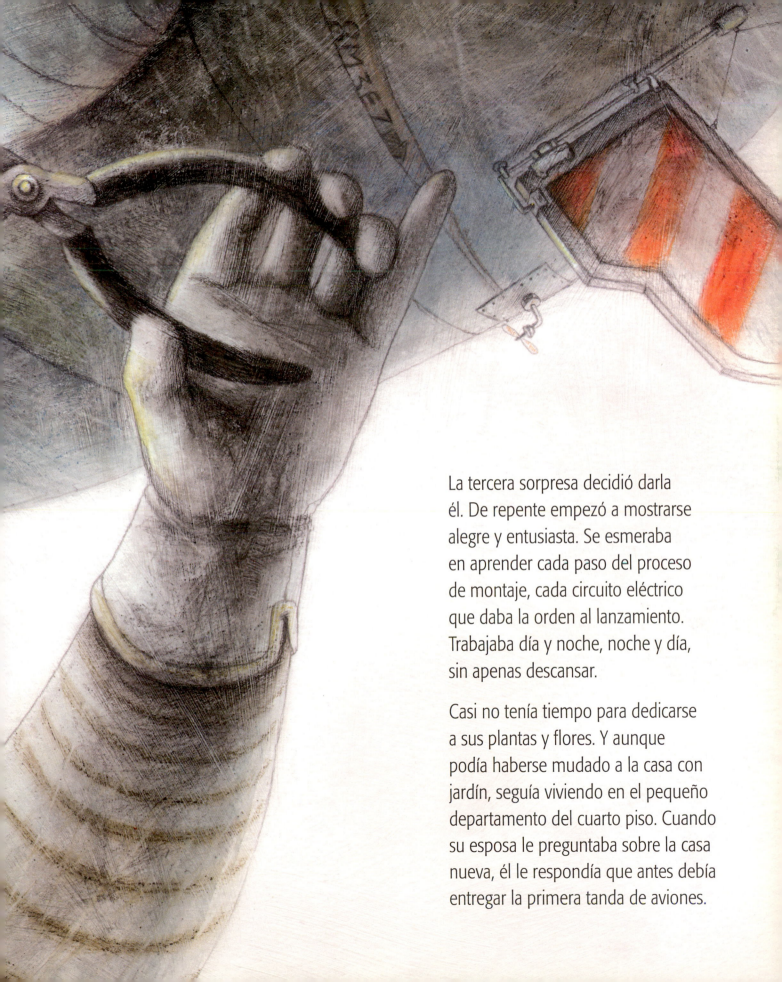

La tercera sorpresa decidió darla él. De repente empezó a mostrarse alegre y entusiasta. Se esmeraba en aprender cada paso del proceso de montaje, cada circuito eléctrico que daba la orden al lanzamiento. Trabajaba día y noche, noche y día, sin apenas descansar.

Casi no tenía tiempo para dedicarse a sus plantas y flores. Y aunque podía haberse mudado a la casa con jardín, seguía viviendo en el pequeño departamento del cuarto piso. Cuando su esposa le preguntaba sobre la casa nueva, él le respondía que antes debía entregar la primera tanda de aviones.

Así pasaron dos meses. Hasta que los aviones de Andrés
estuvieron listos y partieron hacia su destino: uno de esos
países lejanos que se habían declarado en guerra. Un país
cuyo nombre apenas podía pronunciar. Entonces comunicó
a sus jefes que se tomaría unas vacaciones para mudarse
a la casa con jardín. Aunque él sabía que ya no volvería a
trabajar en ese sitio. Y que nunca viviría en la casa nueva.

En aquellos aviones, en lugar de bombas, había colocado semillas de las flores más variadas: su colección de semillas, aquellas que guardaba para plantar en el jardín que soñaba.

Andrés había encontrado un jardín aún más grande. Una amplia extensión de tierra fértil. Tierra negra y húmeda que miraba al cielo esperando una lluvia de semillas.

Y pensó que sería mejor sembrarla de tulipanes, lirios, azucenas, caléndulas…

Caléndulas oficinistas, claveles barbudos, claveles con plumas.